D1755630

WALTER EISLER **STADT KÖNIG LAND**

Meiner Mutter

STADT KÖNIG LAND

Bilder von **Walter Eisler**

Herausgegeben von **Jörn Merkert**

Mit Textbeiträgen von **Jörn Merkert**,
Meinhard Michael und **Claudia Weber**
Verlag **Faber & Faber** Leipzig

Stadt – König – Land
Zur Malerei von Walter Eisler

Walter Eislers Bilderwelt ist für den unkundigen Betrachter auf den ersten Blick sehr eigentümlich und befremdlich – selbst dann, wenn sie nicht unbedingt Befremdliches zeigt: eine menschenleere Stadtlandschaft oder Häuserportraits, die ohne Geschichten in ihrem Verfall von Geschichte erzählen. Anders ist es schon bei seinen Menschenbildern, die meist von einer äußeren, vor allem aber inneren Dramatik bewegt sind, selbst wenn sie in sich hineinhorchend ganz in Stille versinken. Ähnlich ergeht es uns vor jenen Bildtafeln, die aus einer Fabelwelt zu kommen scheinen und vom Klang eines fernen Welttheaters durchdrungen sind: In ihnen hat der König immer wieder seinen Auftritt als eine ganz eng, fast zwanghaft zu blockhafter Körperlichkeit zusammengezogene Gestalt, die sich schnell als monumentalisierte Schachfigur auf den gerasterten Spielfeldern der Macht zu erkennen gibt – bisweilen umgeben mit dem uralten Inventar herrscherlicher Inszenierung. Eine eigentümliche, befremdliche Bilderwelt, die sich einerseits – durch Leere, Dramatik und Kostümierung – von allem Gegenwärtigen recht fern zu halten scheint; andererseits kann sich der Betrachter dem eindringlichen Empfinden nicht entziehen, sie ginge ihn dennoch auf geheime Weise sehr direkt etwas an, hätte in aller Verstellung unverstellt mit dem Heutigen zu tun, als sei sie ganz im Gegensatz zu ihrer Distanziertheit von brennender Aktualität: ob als öde Stadtbrache und Ruine, in denen Konsum, hektisches Treiben der Großstadt und elektronische Kommunikation allenfalls im Gegenbild des Verfalls noch erinnert werden mögen; ob in den nicht selten gewaltdurchdrungenen Bildern von Menschen, die im Kampf miteinander verstrickt sind, Bilder, denen in ihrem Hang zum Pathos bisweilen die Erinnerung an die antike Tragödie innewohnt, gerade auch dann, wenn kein äußerer Kampf zu sehen ist; oder ob schließlich in den Königsbildern, deren verschlüsselte und gleichwohl leicht lesbare Bedeutungsschichten – in einem langen Entstehungsprozess von fast zehn Jahren als Form, Gestalt und Inhalt herausgefiltert – sich im *Königsweg* (1991-2000) zum monumentalen Teatrum Mundi aus zehn Bildtafeln zusammenfügen.

Was hat es mit diesen drei Themenkreisen auf sich, die jeweils in sich eine große Spannbreite an Bildstoffen und ganz verschiedene Sichtweisen und Ausdruckshaltungen in sich aufnehmen – und die vom Grundsatz her so offensichtlich herzlich wenig miteinander zu tun haben, jedoch wie ineinander verschachtelt sind? Ist diese Bilderwelt mit all ihren Gegensätzlichkeiten und Unvereinbarkeiten einfach wie ein ungeordnetes, disparates Puzzlespiel einzelner Setzungen und in allen nur denkbaren Widersprüchen womöglich lediglich wie ein beziehungsloses Nebeneinander von Menschenbildern, Stadtansichten, Landschaften und symbolbefrachteten Szenerien? Wird hier etwa von einem Leben berichtet, das noch nicht zu existentieller Einheit gefunden hätte? Könnte man das überhaupt, wo Leben und Welt doch prinzipiell aus Widersprüchen und Gegensätzen – aus Uneinheitlichkeit – bestehen? Ist hier (nur?) von der Identitätssuche eines einzelnen Einzelnen anschauliche Rede? Oder treten wir vor das zersplitterte Spiegelbild einer zerfallenen, auseinanderdriftenden Welt, wie sie von diesem Einzelnen an sich selbst erfahren wird?

Wir müssen uns allerdings eingestehen, dass wir in geduldigem Schauen in dieser Bilderwelt mit all ihrer Disparatheit und vielfältigen Uneinheitlichkeit auf überraschende Weise eine bestürzende Einheitlichkeit entdecken. Eigentümlich. Befremdlich. Worin liegt diese Einheitlichkeit begründet? Woraus besteht sie? Wodurch erlangt sie ihre anschauliche Bildlichkeit? Und welche Bedeutung kommt dabei den künstlerischen Mitteln, dem Duktus der Malerei von Walter Eisler zu?

Farbe und Malerei

Im zusammenschauenden Rückblick hat sich die betont expressive Niederschrift Eislers in der Bewegung beruhigt, ist blockhafter geworden – dabei durchaus nicht flächiger – und weniger nervös. Sie hat aber an Dynamik der Ausdruckskraft nichts eingebüßt, weil Walter Eisler dem farbigen Aufbau der Kompositionen über die Jahre größere Aufmerksamkeit gewidmet hat, überhaupt der Farbe in ihrem Eigenwert mehr Raum lässt. Diese Beruhigung bedeutet zugleich Steigerung der Intensität. Dabei ist zu beobachten, auch dies ein eigentümliches Element, dass den Themenkreisen jeweils eine besondere Atmosphäre zu eigen ist.

In den Menschenbildern ist der Klang und die farbige Organisation des Bildraums ganz und gar auf das jeweilige Sujet ausgerichtet. Walter Eisler vermag so seine Figuren und das durch sie repräsentierte Thema in einen in aller Verschiedenheit gleichsam »natürlichen« Bildraum zu stellen, ohne sich im rein Abbildhaften zu verfangen. Diese »Natürlichkeit« in Hell und Dunkel, warm und kalt, düster und lichtdurchflutet, melancholisch, dramatisch oder von heiterer Poesie wird aber allein aus den reinen, sprachmächtigen Bildmitteln heraus entwickelt, nicht etwa mit Hilfe einer darstellenden Genauigkeit.

In den Landschaften gilt es zu unterscheiden zwischen denen der Stadt und der Natur; sogar noch differenzierter: zwischen Stadtdarstellungen aus USA oder Deutschland und bei den Naturbildern zwischen solchen des Südens und denen des Nordens. Und dann gibt es noch die Gruppe der Ruinenbilder aus Karthago. Ihnen allen ist gemeinsam, dass es Walter Eisler mit großer Genauigkeit gelingt, sie alle in eine je eigene Atmosphäre zu tauchen. Die Ansichten von Bauten, Brücken und Straßen aus Amerika sind – ob im Sonnenlicht oder monddurchstrahlt – immer in diese ganz andere, sehr spezielle, lichte, wie winddurchwehte, frische Farbigkeit getränkt, die jenseits des Atlantiks das Erscheinungsbild der äußeren Wirklichkeit prägt. Und ob die Wassertürme oder andere Industriebauten in Sachsen hier vor grau verhangenem Regenhimmel, dort vor leuchtendem Blau oder rosa Wolken aufragen, immer trägt ein grau-schwarz gebrochenes, tiefes Grün im Farbklang des Bildes dazu bei, dass eine völlig anders geartete, gleichsam feuchtere Klarheit der Luft eingeatmet werden kann.

Die Königsbilder arbeiten mit scharfen Kontrasten, Dissonanzen, einem wie künstlichen Licht, das den Aspekt des Theaterhaften und Theatralischen in dem Sinne noch einmal betont, dass sich hier eine – durchaus unbekannte – Handlung vollzieht. In *König mit erhobenen Händen* von 1990 wird das grelle Rot des Gewandes vor das schimmernde Perlmutt des Hintergrunds gestellt, zwischen denen das fleischfarbene Rotblau des Gesichts und der Hände vermittelt. Im Wortsinne wird dieser Farbklang gekrönt vom tief leuchtenden Goldgelb der Krone. In *Die rote Nacht* von 1991 ist eine Trümmerlandschaft mit zerborstenen Denkmälern auf verbrannter Erde ganz und gar in das bengalisch flackernde Orangerotgelb eines unwirklichen, »inszenierten« Sonnenlichts getaucht, das zugleich das Desaster eines alles vernichtenden Brandes suggeriert. *Der Weiße König* dagegen steht in der eisigen Kälte eines blauen Raumes, dessen frostklirrende Starre durch Schwarz und angerautes Gelb des Schachbretts noch gesteigert wird und die Königsfigur ganz und gar durchdringt.

Drei Mal ein gänzlich verschiedener Umgang mit den Ausdrucksmöglichkeiten der Farbe, des Charakters von Malerei – als ob drei Künstler am Werke gewesen wären. Gemeinsam ist diesen Bildern in aller Unterschiedlichkeit ein eher melancholischer, nachhorchender, wie fragender Grundton, der auch lauten Szenen und schrillen Farbklängen einen ganz stillen Grund hinterlegt. Ein Klang, der aber auch manchen völlig in sich selbst ruhenden, wie selbstverständlichen, »harmlosen« Landschaften oder Gebäudedarstellungen ein Geheimnis mitgibt, das Zweifel, Fragwürdigkeit und magische Verunsicherung in sich birgt.

Bildrepertoire

Schaut man nur genauer, so entdeckt man, dass dieses so gegensätzliche Bildrepertoire in ganz erstaunlicher Weise ineinander verschachtelt ist. Das beginnt im Formalen. Sehr häufig bestimmt in den unterschiedlichen Bildgruppen eine extreme Perspektive – steil von oben, sehr tief von unten – das Bildgeschehen. Selbst einen eher stillen, harmonikalen und poetischen Farbklang kann Eisler mit diesem kompositorischen Gerüst hin zu Expressivität und Dramatik steigern. Erst recht erleben wir solche Dynamik, wenn steile Blickwinkel mit lauten Farbkontrasten und heftigem Duktus des malerischen Vortrags in Disput treten.

Doch auch auf der gedanklichen Ebene finden wir die so ganz fern voneinander stehenden Bildzyklen eng miteinander verknüpft, sich überlagernd und ineinandergreifend. Erinnern denn die mächtigen Wassertürme nicht – verstellt und ganz direkt zugleich – an die monumentalen Königsfiguren? Geraten auf einmal nicht auch sie insgeheim zu Symbolen von Macht – das Industriedenkmal als Schachfigur – und vergangener Zeit, dem Verfall anheimgegeben? Sind die Karthagolandschaften nicht auch noch etwas ganz anderes als Bilder einer faszinierenden Ruinenarchitektur – nämlich Bilder vom Aufstieg und Fall einer mächtigen Stadt, ohne dass Geschichte in Geschichten anschaulich würde, sondern allein mit den Mitteln der Malerei? Erzählen nicht auch die Königsbilder in ihrer historisierenden Gewandung von Erstarrung und vom unmerklichen Verfall der Macht – so wie die amerikanischen Restaurants, die Industriebauten, die monströsen Stahlkonstruktionen von Hochbahnen ebenfalls von der Fragwürdigkeit noch so kühnen menschlichen Tuns sprechen?

Ist die Menschenleere dieser Stadtbilder nicht auch eine Form von Erstarrung, angehaltener und zugleich abgelaufener Zeit? Spiegelt sich in dieser Leere am Ende nicht auch die nagende Einsamkeit, von denen die Menschenbilder durchdrungen sind – und erst recht die Einsamkeit der Machtfigur des Königs? Zeigen gerade die Stadtbilder nicht auch eine Kulissenarchitektur auf der Bühne des Lebens?

In dieser so stimmungserfüllten, atmosphärischen Malerei, die in aller Expressivität immer auch Stille in sich aufnimmt, treffen wir jedoch zugleich – auch hier wieder ein widersprüchliches und eigentümliches Spannungsfeld – auf eine registrierende Nüchternheit, die mit fundamentaler Desillusion vielleicht am besten beschrieben werden kann. Es ist dies eine mehr distanzierende als distanzierte Lebenshaltung, die uns aus den Bildern eines Edward Hopper vertraut ist, die nun in der Malerei von Walter Eisler mit sehr europäischen Ausdrucksmitteln formuliert wird. Es ist dies auch eine sehr zeitgenössische, moderne Existenzerfahrung, die sich bruchlos traditioneller, unübersehbar im deutschen Expressionismus verwurzelter Bildformen bedient. Vor allem in manchen Figurenbildern ist Nolde nah, bisweilen der Mythenmaler Beckmann, dann aber auch Kirchner und Dix – allesamt Künstler, die in ihren Bildern die Erfahrung der Großstadt als anschauliche Spiegelung der in die Vereinzelung getriebenen, einsamen und darin zeitgenössischen Existenz reflektieren.

Welt der Kunst und Weltenbrand

Diese Reflexion der Verlassenheit findet auch bei Eisler ihren Niederschlag, und zwar in Bildern zur besonderen Existenzerfahrung des Künstlers. In *Die Herstellung des weißen Königs* von 1988 ebenso wie in *Das Reservat* von 1989 ist der offene Atelierplatz mit einem schwachen Zaun von der übrigen Welt abgegrenzt. Allein konzentriert auf die zweckfreie Arbeit, scheint der Künstler sein Umfeld gar nicht wahrzunehmen. Als lebe er auf einem anderen Stern. Was in diesem Reservat an Figuren und Menschenbildern entsteht, hat offensichtlich mit der Wirklichkeit da draußen nichts zu tun. Doch was dem flüchtigen Blick als eine sonnendurchflutete Seelandschaft erscheint, offenbart sich schließlich als bedrohliches Stimmungsbild einer Kriegsszenerie mit Atom-U-Boot. Hierin und in einer Tafel aus dem Königsweg, die ein Pferd vor einer gewaltigen Feuerfackel am Horizont zeigt, sind die Erfahrungen des Golfkriegs und die brennenden Ölfelder in Eislers Bilderwelt aufgenommen worden. Ganz so abgeschieden und privat, wie manche von Eislers Gemälden sich den Anschein geben, sind sie nun wahrlich nicht. Abgesehen davon, dass Kunst immer im Allerprivatesten und im ganz und gar individuellen Erlebnisfeld seinen Urgrund hat, wird eben aus dieser individuellen Sicht heraus immer auch die Wirklichkeit als Ganzes gespiegelt und interpretiert. Mit wachsamen Augen tut der Betrachter vor der Malerei Eislers besser daran, einer vordergründigen Harmlosigkeit gründlich zu misstrauen und die Darstellungen auf ihre Bedeutung zu befragen. Aus dem Blickwinkel dieser anschaulichen Verweise auf Krieg und Zerstörung in unserer Gegenwart verlieren plötzlich seine Königsbilder jegliche Distanz, die sie im historisch sich gebenden Rollenspiel noch zu wahren schienen. Das im Mummenschanz sich zeigende uralte Welttheater der Geschichte offenbart sich nun als Interpretation eines auch im Heute, im Alltag gespielten Stücks. Ein Stück, das die Spannungen, Konflikte, Versuche der Unterdrückung, der Zerstörung und Machtnahme aber gerade nicht nur auf der großen Bühne der Politik betrachtet und in Zusammenhänge stellt. Nein – und hier schließt sich der skizzierte Kreis: Dieses Stück von Herrschaft und Niederlage, von Gewalt und Erleiden, von Tat und Hinnahme spielt eben auch im privaten Alltag zwischen den Menschen, spielt in der eigenen Seele. Und so ist der private Urgrund von Kunst über das Individualistische weit hinausweisend zugleich auch allgemeingültiges Spiegelbild gesellschaftlicher Zustände. Und wer stünde mehr in diesem Spannungsfeld als der Künstler, den die Gesellschaft so wenig zu brauchen scheint.

Kleines Paradies

So nimmt es denn auch nicht Wunder, dass es zu diesem düsteren, melancholischen, wütenden, so oft menschenleeren, dann wieder vom Drama des Lebens und mit schmerzlichen Empfindungen angefüllten Kosmos der Bilderwelt von Walter Eisler noch eine Gegenwelt gibt. Das sind die bisher noch nicht angesprochenen Landschaften aus dem lichtgesättigten Süden der Provence. In ihnen strahlt so etwas wie eine Promesse de bonheur auf, ein beseligtes Glücksversprechen, das allein in der Gegenwart, dem gelebten Augenblick seinen Ort hat, wo Vergangenheit und Zukunft völlig zurücktreten. Alles ist voll heiterer Unbeschwertheit, Natur wird in diesen Bildern noch ganz unbeschädigt, unbedroht anschaulich, in lebendigem Einklang mit sich selbst. Fast möchte man vor dieser Malerei Walter Eisler als »Impressionisten« bezeichnen – so frei ist die Farbe von aller direkten Gegenstandsbeschreibung, so sicher ist sie in flüchtiger, flirrender, pulsierender Niederschrift gesetzt. Er scheut auch nicht vor kühnsten, fast grellen Farbklängen zurück, wenn allein mit ihnen ein atemberaubendes Schauspiel des Lichts, der Schatten, der durchglühten, vom Sommer schweren Farbigkeit festgehalten werden kann. Es duftet und zwitschert auf diesen Bildern, dass die Seele jubiliert. Und man erfährt noch einmal das heute so leicht vergessene Glücksgefühl, dass Malerei so etwas Wunder-volles vermag.

Weltbilder

Was wir eingangs auf den ersten Blick als befremdliche und eigentümliche Bilderwelt erlebten, zeigt sich nun – in der Spannbreite zwischen nüchternem Registrieren und sinnlicher Durchdringung, zwischen unverstellter Anschaulichkeit und symbolischer Verschlüsselung, zwischen Vergangenheit und Zukunft, zwischen melancholischer Heiterkeit und wütender Ironie, zwischen privatem Alltag und Machtpolitik, zwischen Leben und Tod, Gewalt und Zärtlichkeit –, diese Welt zeigt sich also als ein Bildkosmos, der alle Widersprüche und Gegensätze, Brüche und Gemeinsamkeiten, Disparates und Ganzheitliches eines wachen, mitleidenden Lebens in sich aufnimmt. Denn Walter Eisler malt nichts anderes als Weltbilder, auch wenn man sie nicht sofort als solche erkennt. Dazu geben sie sich oft zu privat, zu persönlich – oder gar so, als hätten sie keine weitere Bedeutung. Oder aber sie halten den Betrachter auf Distanz, wenn er auf den Stadtbildern vergeblich nach Menschen sucht. Und die Königsbilder stiften Verwirrung, so sehr geht groteskes Theaterspiel, das einen alten Klang hat, mit scheinbar harmlosen Alltagsbildern ein Zusammenspiel ein. Ganz übergangslos.

Wir waren aber der Verstrickung dieser so zusammenhanglos, scheinbar beziehungslos nebeneinander stehenden Werke und Werkgruppen auf die Spur gekommen. In ihrer formalen und inhaltlichen Überlagerung und Durchdringung offenbaren diese Weltbilder in der Tat eine bestürzende Einheitlichkeit. Sie ist deswegen so bestürzend, weil wir auch mit unseren Sinnen erkennen müssen, dass alles mit allem verstrickt, das eine ohne das andere nicht zu denken ist. Daraus speist sich auch immer wieder die Empfindung, dass das Persönliche, das Individuelle, das historisch Ferne und das manchmal ganz ohne Harm Scheinende dieser Malerei von brennender, nicht zeitgebundener Aktualität ist und uns daher ganz direkt angeht. Unausweichlich. Diese eindringliche Kraft können Walter Eislers Bilder vermutlich deswegen auf den Betrachter ausüben, weil sie sämtlich – um mit Peter Handke zu sprechen – Weltbilder der »Innenwelt der Außenwelt der Innenwelt« sind.

Jörn Merkert

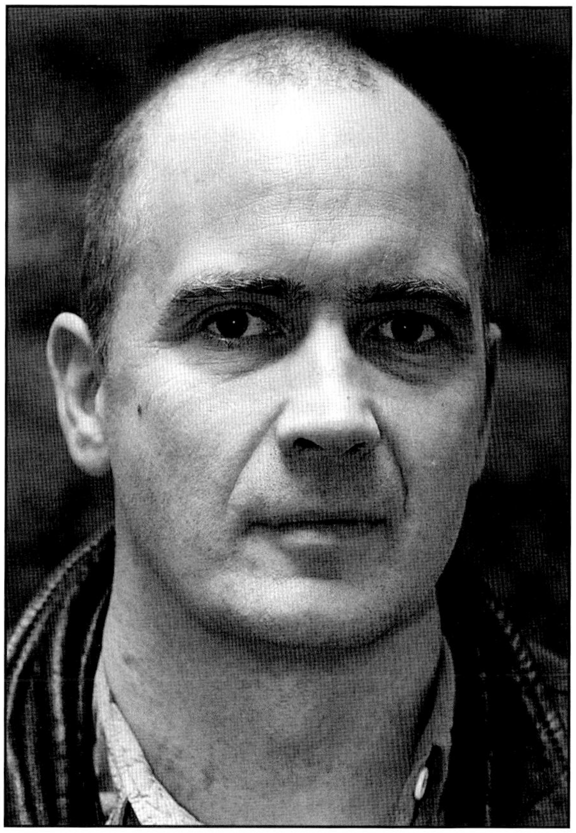

STADT

Stadtbad auf Coney Island 1995/98 Öl auf Leinwand 120x160 cm

14   **La Fayette Hotel** 1996 Öl auf Leinwand 140x160 cm

Harlem (Sonntagmorgen) 1995 Öl auf Leinwand 150x160 cm

16 **Royal Hotel** 1997 Öl auf Leinwand 50x70 cm

Moon River 1997 Öl auf Leinwand 120x160 cm

18 **Riterug Building** 1997 Öl auf Leinwand 80x120 cm

Manhattan Bridge 1995 Öl auf Leinwand 200x140 cm **19**

20   **Der Hafen von Cleveland** 1997 Öl auf Leinwand 100x130 cm

Cleveland Bridge 1997 Öl auf Leinwand 140x100 cm

22　**Williamsburg Bridge**　1997　Öl auf Hartfaser　50x70 cm

Achterbahn auf Coney Island 1995 Öl auf Leinwand 160x150 cm

Grand Cinema 1999   Öl auf Leinwand   80x100 cm

Tower Cinema 2000 Öl auf Leinwand 80x100 cm

26 **Royal Cinema** 1999 Öl auf Leinwand 100x80 cm

Starlight Cinema 1999 Öl auf Leinwand 100x80 cm

28 **Wasserturm in Kimberton** 1993 Öl auf Leinwand 70x50 cm

Echo Cleaner 1997 Öl auf Leinwand 75x90 cm   **29**

30 **Newport Bridge** 1996 Öl auf Leinwand 100x130 cm

Turnbull Building 1996 Öl auf Leinwand 80x100 cm   31

32 **Barber's Club** 1996 Öl auf Leinwand 60x80 cm

Ship Inn at Night 1996 Öl auf Leinwand 60x70 cm **33**

34 **Polygraph Leipzig** 1998 Öl auf Leinwand 70x90 cm

Malzfabrik Schkeuditz 1999 Öl auf Leinwand 75x160 cm

36 **Wasserturm in Leipzig** 1999 Öl auf Leinwand 70x50 cm

Wasserturm in Halle 1999 Öl auf Leinwand 70x50 cm

38 **Nelsonville** 1996 Kreidezeichnung 36x48 cm

Ohio Bridge 1997 Kreidezeichnung 36x48 cm

40 **Transporter Bridge** 1996 Kaltnadelradierung 32x25 cm

Alte Fähre 1998 Kreidezeichnung 36x48 cm

42 **Low Bridge** 1996 Kaltnadelradierung 32x25 cm

Newport Bridge 1996 Kaltnadelradierung 32x25 cm

44 »Freiheit schöner Götterfunken« – Skizzen zu Leonard Bernstein Berlin, 25. Dezember 1990

Federzeichnungen 30x21 cm

Hafenrundfahrt 1987 Öl auf Leinwand 70x90 cm **49**

50   **Leipzig im Herbst II**   1989   Öl auf Leinwand   100x60 cm

Das Refugium 1994 Öl auf Leinwand 150x200 cm

52 **Woyzeck** 1992 Öl auf Leinwand 70x90 cm

Mann mit verbrannter Seele 1993 Öl auf Leinwand 80x100 cm

54 **Backgammon Score** 1998 Öl auf Leinwand 160x140 cm

Großer Spieler 1997/1999 Öl auf Leinwand 160x120 cm

56 **Jekyll and Hyde** 1996/1999 Öl auf Hartfaser 70x90 cm

Hansi 1988 Öl auf Leinwand 100x80 cm

58 **Die Nacht** 1991 Öl auf Leinwand 120x160 cm

Der Anschieber 1988/1990 Öl auf Leinwand 170x150 cm

60 **Das Reservat** 1989 Öl auf Leinwand 140x200 cm

Der Mantel 1994 Öl auf Leinwand 90x70 cm

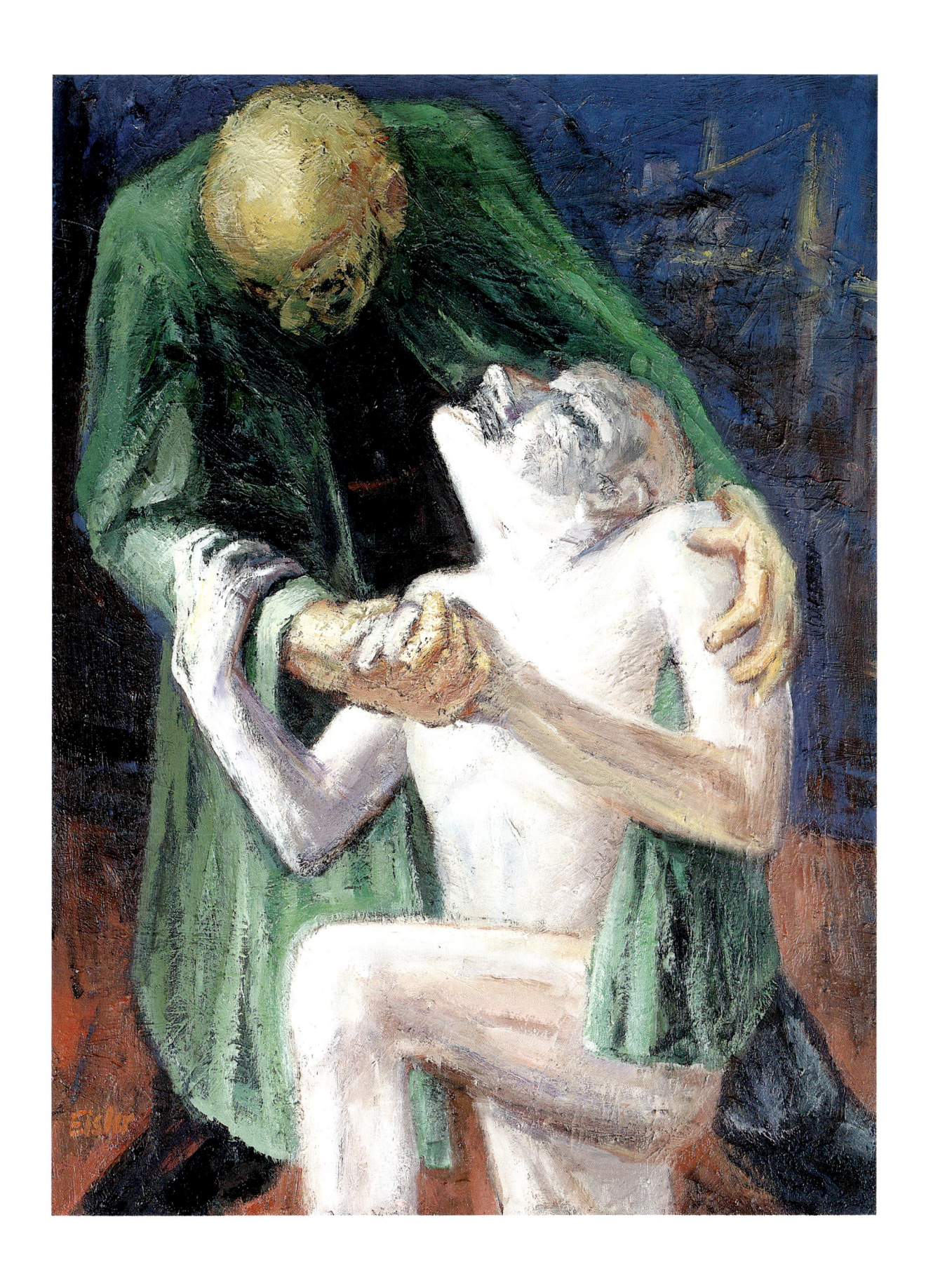

62 **Traum ohne Ende (TV-Mumie)** 1992 Öl auf Leinwand 120x160 cm

Das Klavierspiel 1999 Öl auf Leinwand 150x160 cm **63**

64 **Zwei Teufel heimwärts** 1999 Öl auf Leinwand 80x60 cm

Teufelnochmal 1997/1999 Öl auf Leinwand 140x100 cm

**Malerei für den Gesichtssinn –
Über Walter Eislers Malerei**

Schon lange nicht mehr und noch lange nicht, nie wieder. Unbefangen über einen Maler zu schreiben, der mehr oder minder getreu zeichnet, was er sieht, und Farben verstreicht, dass man seine Bilder als impressive, expressive Kunstvarianten mit ihren gesehenen Vorbildern vergleichen kann, ist nur naiv möglich oder gar nicht. Woher nimmt Walter Eisler den Leichtsinn oder den Mut.

Nun sieht man ja allerorten wieder Malerei. Selbst erkennen kann man darauf was: die banalsten und merkwürdigsten Gegenstände, oft Kitsch, Werbung, Medienmüll. Selbst Landschaft ist wieder en vogue. Figuration nennt sich das insgesamt. In jüngster Zeit ist das großformatige, summarische, schematisierende Malerei, blaß oder exorbitant gefärbt, jedenfalls konzeptionell, vielleicht analytisch. Das Wort vom Künstler als Forscher kam zuletzt recht gut an. Die Akzeptanz erhöht sich, wenn die Malerei keine wirkliche ist, sondern mehr als das, zum Beispiel (noch immer) Mediendiskurs, und das ist klug. Seit kurzem ist das schöne Wort vom Simili-Realismus in Gebrauch, was noch klüger ist. Achtung, wir sind nicht naiv, auch wenn wir so aussehen. Zwar siehst du einen Spargel, es ist aber gar keiner, he!, toll! Wir malen nur als ob gegenständlich, realistisch. Wir transportieren nur das Bild von einem ins andere Medium. Wir jonglieren nur so mit den Zeichen rum und rum. Als wäre nicht jeder gemalte »Realismus« ohnehin nur als ob.

Die konzeptionelle und rhetorische Abwehr der schlichten Abbildung ist blanke Angst. Die Angst ist begründet. Der Spiegel ist zersplittert, das Auge durchschnitten, der Rahmen sowieso, und, Nebeneffekt, das Zeichen Bild entspricht nicht dem Original, es ist verdünnt und lügt generell. Und so weiter. Das alles sollte man nicht herunterspielen, die Folgen sind sichtbar. Ein Ergebnis ist die Angst des aufgeklärten Künstlers davor, was Galeristen und Kritiker scheuen wie der Teufel das Weihwasser: Abbildung als Porträt, Landschaft. Erzählung. Symbolik. Psyche nur durch Sichtbarkeit. Selbst Vollblutmaler, selbst Fotografen, denen sich die Dinge ins Bild drängen und die damit große Bilder machen, behaupten seit langem gern, diese seien nur abstrakt. All das ist leider nicht nur komisch.

Noch lässt man die Kinder in Ruhe. Niemand kommt wegen der Bilderfluten und ihren Folgen für die Kunst auf die Idee, die Kuh auf einer Kinderzeichnung nicht mehr als das zu akzeptieren, was sie ist – als Gestalt, gelungen oder nicht, als liebe oder dumme, als schöne Zeichnung oder psychologisch merkwürdige. Kinderbild und Künstlerbild reimen sich auf Bild, linkisch gesagt, gewissermaßen. Tatsächlich ist jedoch dem einen ein Uhl, was den Kleinen die Nachtigall sein darf.

Noch einmal: Der Charakter der modernen – städtischen, westlichen – Welt gebietet bewiesenermaßen ein gegenüber dem 19. Jahrhundert radikal verändertes Wirklichkeitsverhältnis. Die Begegnung mit Tisch und Bett, wörtlich wie sprachbildlich, sogar mit Sonnenlicht ist neu und forderte anno dunnemals eben den zynischen Zweifel als ironische Geste: die fontaine der Moderne, das Pissoir des Marcel Duchamp, das seitdem in Legionen gedoubelt, kommentiert, aufgehoben und zertrümmert worden ist, deren Wasser so oder so das ganze Jahrhundert nährte.

Aber auch im Jahr 2000 ist eine Nase eine Nase, ein Bett ein Bett, und in ein Pissbecken wird gepisst, normalerweise. Groß war das sekundenlange Erstaunen in der jüngsten Sonnenfinsternis. Das Erlebnis ist nicht ersoffen im Medienrummel. Ohne Zweifel ist auch eine Sonnenfinsternis (für Menschen) nicht mehr das, was sie vor 2000 Jahren war (sie kann auch für Hunde nicht mehr dieselbe sein). Und doch griff Ergriffenheit um sich, und das Erstaunen war groß. Sowohl gilt also, dass die Rose eine Rose eine Rose sei, als auch (aber in der Kunst lange verdrängt) ist sie eine Blume. Peinlicherweise ein Symbol mit Bedeutung, veränderlich. Und eine Form.

Walter Eisler kam im Osten zu dieser Malerei und als Sohn. Beides hat ihn belastet, es forderte und förderte ihn. Als er nach starker Gegenwehr mit 24 Jahren dann doch Malerei zu studieren begann, kannte man in Leipzig kaum Zweifel an dieser Form der Kunst, denn die unerhörten Wirkungen konnte man selbst erfahren. Wichtiger waren die Fragen, was ehrliche Bilder thematisch formulieren konnten, und ob es Sinn mache, sich mit politischen Dingen zu befassen. Einen gewissen distanziert privilegierten Trott, der eine Menge ausblendete, sollten wir nicht leugnen.

Das Ethos der Form des Vaters übertrug sich auf mehrere Generationen. Sie haben zum Teil noch heute daran zu knabbern, denn formale intensive Arbeit steht nicht unbedingt im Mittelpunkt der Aufmerksamkeit des zeitgenössischen Kunstbetriebs. Wer aber Kunst als Formarbeit erlernt hat – physisch und psychisch – kommt davon schwer los. Denn wenn man das verliert, erlebt man »Kunst machen« als weniger ernstes Geschäft.

Walter Eisler – Sohn der Mutter, wie man so sagt – arbeitete sogar im Atelier des Vaters und spürte irgendwann die Pflicht, sich energischer abzusetzen. Es fiel ihm nicht leicht.

Die Richtung, die er damals nahm, hat er, Verschiebungen eingeschlossen, bis heute gehalten. Eines der ersten Bilder, die etwas mehr Öffentlichkeit fanden, war die düstere »Hafenrundfahrt«. Sie wurde sogar eindimensional als Fluchtbild verstanden, was verständlicherweise dem ehemaligen permanenten Grenzkomplex zuzuschreiben ist. Zwar nicht gar so eng, doch im sozialen Feld mit seinen Hoffnungen und Verhinderungen war das Bild allerdings angelegt. Malerei in Leipzig hatte oft nicht weniger im Sinn als Diagnosen des Weltzustands, obgleich der Horizont von der Hafenmauer, um im Bild zu bleiben, verstellt war. Was ahnt der Frosch im Brunnen von der Weite des Meeres, fragt ein chinesisches Sprichwort. Aber er geht immer wieder die Brunnenwände an, oben ist Licht. Für das kleine Ruderboot schien es unmöglich, angesichts der riesigen Tanker einen sinnvollen oder nur unbeschädigten Kurs zu finden. Das Bild formulierte Macht und Ohnmacht und die eigene Position dazwischen, der Maler benutzte Mittel, die man magisch realistisch nennt.

Das wohl letzte wichtige Bild dieser Etappe entstand erst 1994: »Das Refugium«. Man darf es sogar in Beziehung zum Hafenmotiv setzen, es gibt wie das ältere Bild Kunde vom Subjekt, wie es die Welt sieht. Die Meere sind groß, die Winde rauh. Das Alter ego des Malers sitzt nicht im Kahn zwischen Tankern, sondern auf dem Kanapee. Besinnung schien nötig. Dieses Refugium schildert nicht nur ein Atelier als Insel, sondern eine Nische im Atelier. Aber der doppelte Rückzug dient der Konzentration. Und selbst hier drängt die Welt. Pegasus schwebt über dem Kopf als Mahnung. Sonne oder Mond grellt hinterm Pflanzengeflecht, im Grunde eine Max-Ernst-Form. Hinten wartet die Staffelei, die Modellpuppe und der merkwürdig gespreizte Vogel sind ans Sofa getreten. Der Zeichner ist am Werk, im Kopf türmt sich all das, was ihn umgibt, aber er hat einen Raum gefunden. Im Refugium, dieser Atelierfiktion, thematisiert Eisler noch einmal seine in der Leipziger Schule erworbene Methode, symbolische Weltbilder zu erfinden. Auch hier registriert man magische Momente, eine Traumsituation, doch nicht ausdrücklich als solche gekennzeichnet, eher beiläufig irreal.

Ein wenig schwer wirkte die symbolische Verdichtung Ende der 8oer Jahre durchaus schon, beladen eben mit viel Ernst und Symbolik. Andere, ja die meisten seiner Generation, malten leichter und leichtsinniger. Die scheinbare Unbeirrbarkeit Eislers deutete sich in den heiß diskutierenden ersten Jahren des vergangenen Jahrzehnts schon an. Vorsichtig in seinen Entscheidungen, auch malerisch überwiegend in kleinen Schritten unterwegs, die vorher erwogen sind, hat er den üblichen Weg der Maler dieser Generation nur ein paar Monate genommen und ist bald umgekehrt. Auch Eisler hat zeitweilig versucht, seine Malerei »offener« zu belassen. Das ungenaue Wort meint, die Flächen rauh und pastos zu belassen, mehr mit Lappen als Pinsel tätig zu sein; Details nicht mehr auszupizzeln, im weitesten Sinn impressiv und, ganz leicht, gestisch zu malen. Bemerkenswerte Spuren hinterließ diese Zeit selbst noch in den Bildern, die die Umkehr zu wieder festeren Konturen ermöglichten – oder erzwangen. In Karthago malte er die Ruinen eines vergangenen Imperiums. Die noch spürbare Größe nimmt in den Bildern mächtige Formen an. Zwar hantiert Eisler partienweise mit flüssigen Farben und breitem Pinsel, doch die Grundform dieser Bilder ist jeweils eine große feste Skulptur, deren feste Kanten sich am Bildrahmen stoßen. Ein Maler dieser Fasson rechnet auch semantisch mit dem Motiv. Die Bedeutung der Relikte ist offenkundig. Eisler erfährt sie in Maßen dämonisch. Er setzt sie untersichtig ins Bild – wie ehemals die Hafenmauer. Die Bögen neigen dazu, den Standort des Betrachters zu überspannen, die Mauern sind aktiv, das Motiv fasziniert als bedrohliche Ruine – wie wenig später die alten Brücken New Yorks. Die Bilder von Karthago sind Belege, wie Eisler seine Malerei etwas erleichtert hat: Er minderte die szenisch-theatralische Fabel und konzentriert sich auf die Bühnenbilder oder auf einzelne Figuren. In diesem Zuge verstärkt sich die rein formale Übertragung von Bedeutung.

Szenisches bleibt allerdings, und nicht nur gelegentlich, erhalten. Ein Mann hantiert am Spielautomat, ein Kind sitzt am Klavier. Doch dabei erhalten die formalen Ausdruckswerte, zum Beispiel der verklemmten Figuren oder des mächtigen Klaviers, mehr Anteil am Bild.

Körpersprache als Element, das weniger symbolische als anschauliche Züge trägt, gehört also unbedingt dazu. Ist es »Der Mantel« der Barmherzigkeit, der der nackten Figur im gleichnamigen Bild umgelegt wird? Symbolisch verstanden, hätten wir es mit einer Version des Schutzmantels zu tun. Der hilfesuchend aufblickende, bleiche Mann klammert sich an einen anderen. Dessen grüner Mantel umfängt zwar den um Hilfe Bittenden. Doch jenseits des Symbolischen bleibt alles hart. Die Formen der festen Glieder in spitzen Winkeln sprechen eine andere – die eigentliche – Sprache des Bildes, sie korrigieren den lediglich symbolisch zu verstehenden Inhalt erheblich. Grandios kontrastieren Kopfhaltungen und Kopfformen der beiden Männer. In der Körpersprache des Menschen verschmelzen generell die Wirkung von Symbolik und Form, dort liegt die eigentliche Potenz der Figuration.

In den Bildgruppen der »Könige« und später der »Teufel« operierte Walter Eisler äußerst knapp mit diesem Reservoir. Alles ist jeweils der Körpersprache und der Mimik einer, in Ausnahmen mehrerer Figuren anvertraut. Die beiden Typen haben natürlich jeweils etwas vom anderen – mehr der König vom Teufel als umgekehrt. Merkwürdiger Zufall auch, dass beide im Grunde kleine Püppchen sind – Schachfiguren die einen, Handpuppe die andere. Mehr als an Vaterfiguren erinnern die Könige an den hilflosen Wahn der Könige eines Shakespeare. Es sind Hoheiten mit stolzen Konturen und langen Köpfen, in denen der Schrecken längst Spuren hinterlassen hat. Herrschers Rot, starker Charakter. Einer biegt weltenflüchtend den Kopf weit in den Nacken. Fast alle stehen auf Schachbrettern. Einer blickt aus dem Bild, als könnten seinen Augen Armeen entsetzen. Doch die Arme kleben am Rumpf. Der Mächtige ist eine Figur. Die Spaltung der Betrachterperspektive – steil nach unten zu den Füßen und aus Gesichtshöhe, wenn nicht sogar leicht nach oben zum Kopf – zieht uns heran und dehnt die Räume. Intensiv gesehen, stehen wir mit auf dem Brett. Gleich greift dir jemand an den Nacken – oder der König bedrängt dich (Könige greifen nie alleine an). Und man weiß im Grunde, nicht mit auf dem Schachbrett zu stehen. Die »Könige« Eislers sind wiederum nur traumatische und sogar träumerische Bilder, die nur leicht surreal argumentieren.

Das scheint eine Grundstimmung zu sein. Eisler ent-

67

nimmt seiner Umwelt Momente, in denen das Subjekt so staunend wie leicht erschrocken vor der Macht, der Größe und dem Schrecken steht. Letzteres ist eher selten, denn der Maler bezwingt seine Motivationen durch feste Formen. Offensichtlicher Schrecken drückt sich nur selten aus, in einer, frei interpretiert, Version der Dullen Griet. Doch im Grunde formuliert Eisler kein Grauen. Er malt stattdessen überwiegend die stille Drohung einer Gefahr, wiederholt auch ihre Reste, die Ruinen, die rostigen Brücken. Mit ihnen – wie mit den Königen – muß man auch Mitleid haben.

Das heißt wiederum: Es gilt nicht das Symbol allein, sondern der gemalte Ausdruck des Motivs; seine Ruhe oder Spannung, die Helligkeit, das Chaos, die Macht oder Schwerfälligkeit. Aber der symbolische Gehalt wirkt am Bild mit. Ohne ihn wäre es ärmer, abstrakt.

Als Walter Eisler 1994 die kantigen Klötze von Karthago malte, erschloß er sich neue summarische, einfache Formen, aber er hatte sich schon davor, in den USA, an ungewohnt klassische und kleinteilige Impressionen gewagt. Seine nordamerikanischen Stadtbilder kombinieren manchmal Hochhauskuben mit theatralischer Beleuchtung und konventioneller Bilderöffnung über krasse Anschnitte.

Das Erstaunen des Malers vor den neuen Motiven hinterlässt Bilder einer sympathisierenden Fremdheit. Sie wäre zu interpretieren. Zweifellos haben wir die Kenntnis unserer Vorfahren verloren, die unter jeder Brücke mindestens ein paar Hexen wussten. Noch erinnert ja der große alte Pontifex, was die Brückenmeister einst zu sein vorgaben – im äußersten Fall Führer über den Todesfluß.

Kein Aberglaube wirkt mehr an der Wirkung eines Brücken-Bildes mit. Brücken faszinieren eher durch Dimension und Gliederwerk, durch Assoziationen mit Insekten. Eisler ist, was man seinen Bildern wohl nicht entnehmen kann, ein Brückenkenner, auch analytisch. Als Maler favorisiert er den Eindruck ihrer anschaulichen Dynamik. Im Verhältnis des Malers zur Brücke steckt immer auch die Verwunderung über die sonderbare Erscheinungsweise mancher Dinge – wozu gewiß ein Mindestmaß an naiver Neugier gehört, das Gegenteil jedenfalls des Alles-schon-gesehen.

Und so kann Walter Eisler auch alte Wassertürme zu einer sympathischen Spezies machen. Sich überhaupt an Wassertürme noch zu wagen, dazu gehört schon Übermut. Ihre Behandlung durch den Maler ist nur vorsichtig. Er kippt und beleuchtet sie ohne große Veränderungen der Szenerie, aber mit Sinn für diese dramatischen Effekte. Er mag auch helle Hintergründe, die die steile Masse der Türme betonen. Doch im Grunde platziert er sie lediglich und arrangiert ein paar Details. Er verzichtet in dieser Serie auf stilistische Möglichkeiten, er nimmt sich sehr zurück. Eisler vertraut damit – wie in der kleineren Folge alter Fabrikanlagen – in ungewöhnlicher Zuversicht der Impression eines interessiert betrachteten Motivs. Bauwerke, die ihre Zeit hinter sich oder ein ehrwürdiges Alter haben, begegnen uns in seiner Malerei häufig. Verwandt ist diese thematische Neigung sogar mit der Malerei tektonischer Schichtungen. Die Zeit hat gearbeitet, man sieht ihre Spuren. Die anthropomorphisierende Sicht auf die Gestalten aus mitunter gewaltsam verschobenen Erdschichten ähnelt wiederum dem Erstaunen vor lebenden Brücken.

Doch auch in diesen auf den ersten Blick sehr schlichten Bildern wohnt noch das Befremden über Karthago oder New York. Denn nichts kann wirklich mit der Erfahrung übereinstimmen. Eisler ist nun einmal kein Impressionist alter, sondern aktueller Prägung. Seine Malerei schreibt dem Gezeigten ungewollt eine Fremdheit ein. Sie kann auf Konzeption verzichten. Die Methode ist klassisch: Sehen, malen, sehen. Das Dritte ist nie das Erste. Ohne Absicht geschieht dem Maler, dass seine Bilder, mit denen er sich doch zu Hause wissen möchte, ihn und uns an diesem Ort fremd sein lassen.

Rührend ärmlich, um mit einem New Yorker Bild zu enden, krakelt da ein kleiner blattloser Baum in ein Loch zwischen länglichen Hochhauskuben. Das Geäst dieses Baumes, in dem man nun nicht gerade eine Physiognomie, so doch ein Wesen ausmacht, könnte mit ähnlicher Intention sowohl von italienischen Trecentisten als auch von Carl Blechen und natürlich von Expressionisten gemalt sein. Doch das Bild Eislers bezeichnet ein anderes Jahrhundert – mit einem veränderten Verhältnis zur Natur wie zur Urbanität. Paradox könnte man sagen, Eislers reisender, staunender (heißt das: naiver?) Blick und seine im Grunde realistische, mal impressive, mal aufheizende Malerei erzeuge in Maßen metaphysische Bilder. Sie verlangen vom Betrachter mehr Aufmerksamkeit, als man heute zu geben allgemein gewohnt ist, weil der Maler im Grunde in keine Richtung von der angeblich so schlichten Beobachtung abweicht. Man wähnt sich zu Hause. Nur die leichten Verrückungen belehren darüber, dass das eine Täuschung ist.

Meinhard Michael

KÖNIG

Alter König 1994 Öl auf Leinwand 100x80 cm

72   **König mit erhobenen Händen**   1990   Öl auf Leinwand   70x70 cm

Das Königstreffen 1991 Öl auf Leinwand 115x85 cm

Gelber König 1993 Öl auf Leinwand 100x60 cm

Schwarzer König 1999 Öl auf Leinwand 100x60 cm

Weißer König 1994 Öl auf Leinwand 100x60 cm

Roter König 1993/1999 Öl auf Leinwand 100x60 cm

78 **Der Königsweg** 1991-2000 Öl auf Leinwand 200x450 cm

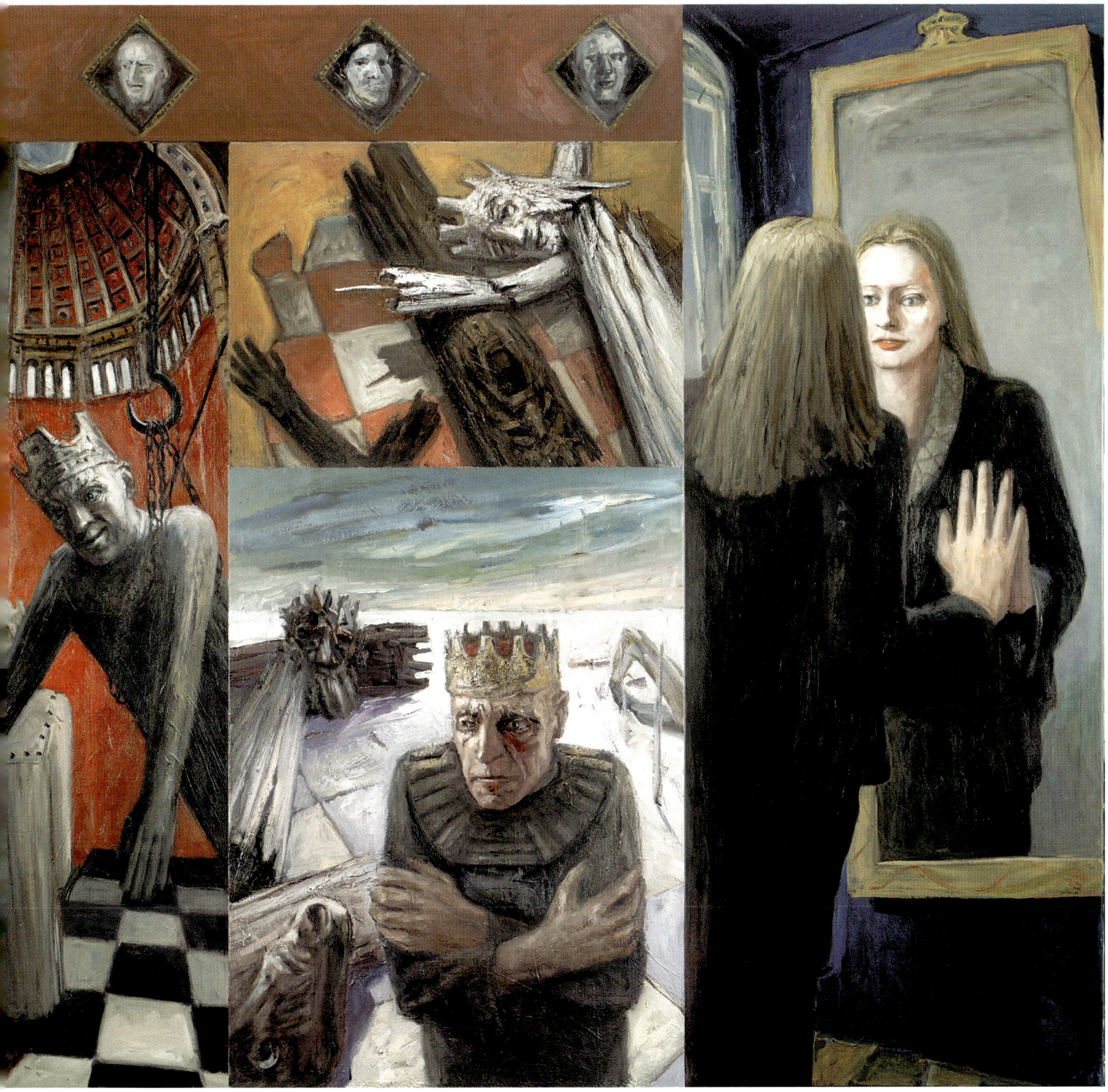

Der Traum 1999 Öl auf Leinwand 200x80 cm

Die rote Nacht 1991/1999 Öl auf Leinwand 175x140 cm

82 **Die Herstellung des Weißen Königs** 1988 Öl auf Leinwand 70x90 cm

Das Endspiel 1998 Öl auf Leinwand 80x70 cm

LAND

86 **Steinbruch in Umbrien** 1992 Kaltnadelradierung 43x31 cm

Die Villa 1992 Kaltnadelradierung 43x31 cm

88 **Die rote Villa** 1991 Öl auf Hartfaser 50x65 cm

Die weiße Villa 1991 Öl auf Leinwand 50x65 cm

Steinbruch bei Civitella d`Agliano 1991 Öl auf Leinwand 70x70 cm

Friedhof in Civitella 1991 Öl auf Leinwand 60x100 cm

92 **Kleiner kanarischer Garten** 1995 Öl auf Leinwand 50x50 cm

Antonios Bar 1995   Öl auf Leinwand   45x60 cm

94 **Garten in Tigalate** 1995/1997 Öl auf Leinwand 45x60 cm

Trauergesellschaft in Tigalate 1995 Öl auf Leinwand 45x60 cm

96 **Teufelsbäume** 1995/1999 Öl auf Leinwand 80x60 cm

Fahnenhügel 1991 Öl auf Leinwand 70x90 cm

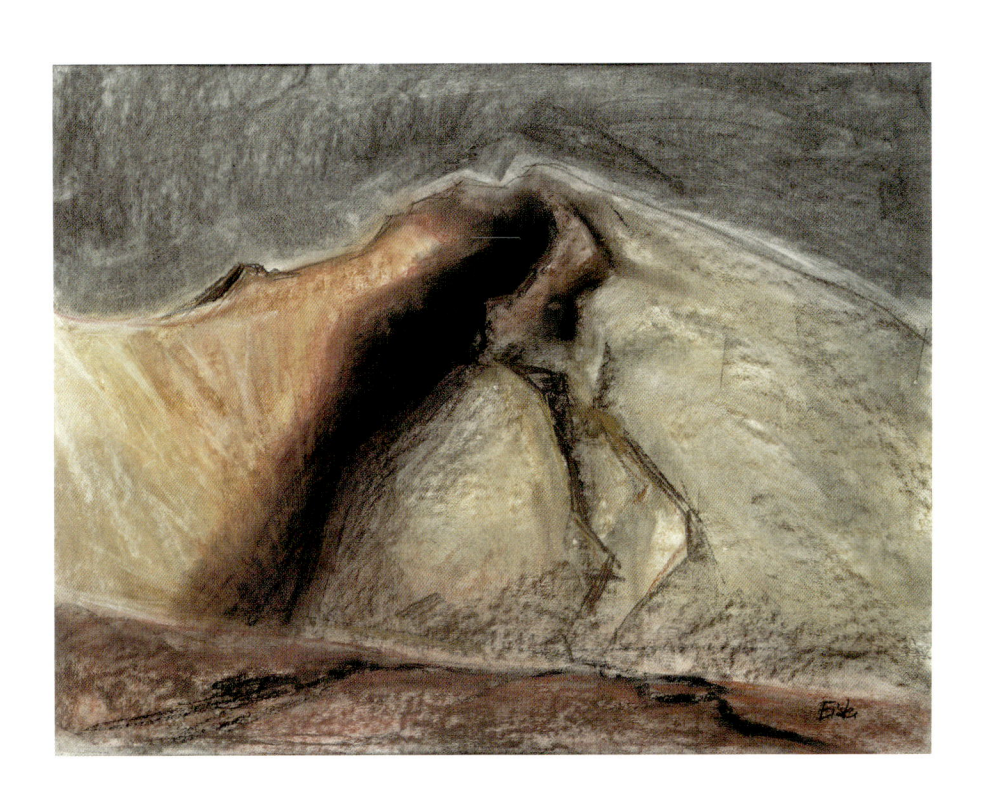

98 **Vulkan I-IV** 1995 Pastellkreide auf Papier 75x100 cm

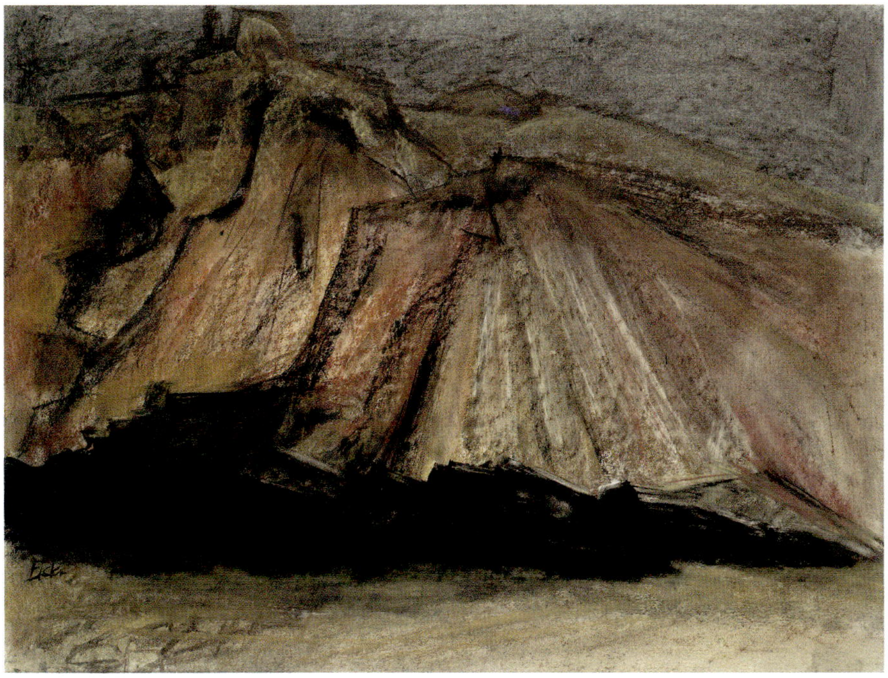

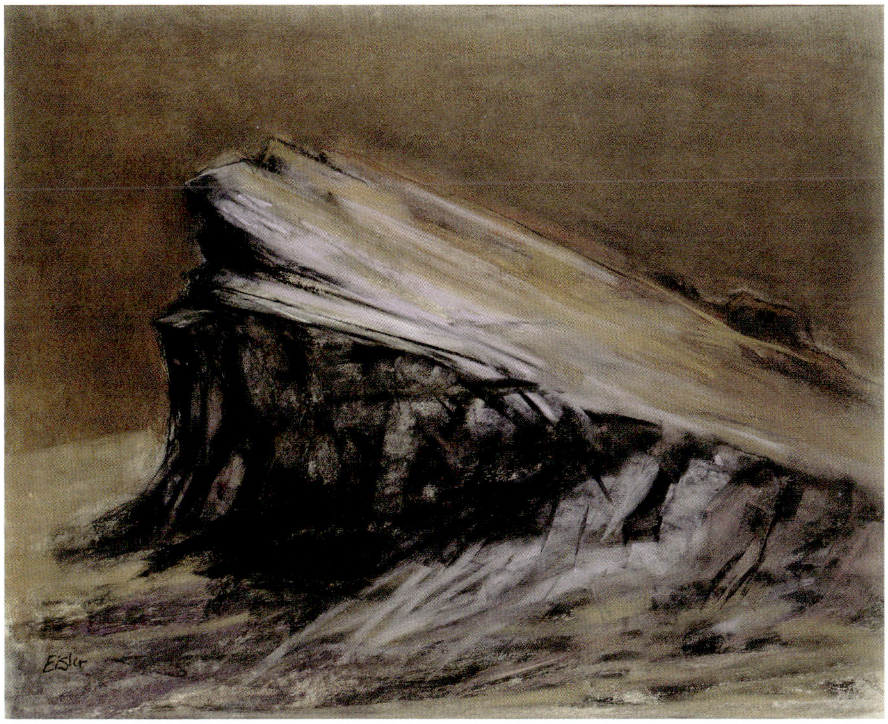

Das Taubenhaus 1999 Öl auf Leinwand 80x60 cm

Allee nach Villars 1999 Öl auf Leinwand 90x70 cm

102   **Pont St. Julien** 1999   Öl auf Leinwand   70x90 cm

Friedhof bei Villars 1999 Öl auf Leinwand 60x100 cm 103

104   **Rotes Haus in F.** 1999 Öl auf Leinwand 80x60 cm

Das Haus des Gärtners 1999 Öl auf Leinwand 60x80 cm **105**

106　**Karthago II**　1994　Öl auf Leinwand　140x100 cm

Karthago III 1994   Öl auf Leinwand   140x160 cm

108 **Karthago VI** 1994 Öl auf Leinwand 140x200 cm

Karthago V 1994 Öl auf Leinwand 160x120 cm **109**

110 **Karthago I** 1994 Öl auf Leinwand 120x160 cm

Die Verortung des Subjekts

Die elitäre Attitüde liegt ihm nicht - nicht als Person, noch kennzeichnet sie die Malerei. Kein eleganter Pinselstrich – bei der ersten Betrachtung der Bilder fällt eine gewisse Sperrigkeit auf. Der Maler Walter Eisler ist direkt, ohne Umwege, zuweilen fast trotzig besteht er auf sich und seine Kunst. Es hat wohl eine Weile Leben gebraucht bis beide – der Maler und seine Bilder – den Ort fanden, von dem aus es einander anzutreiben gilt.

Zuerst versucht er seiner bedrängenden Gehemmtheit in einer »Künstlerfamilie« ein Schnippchen zu schlagen und studiert in Merseburg chemische Verfahrenstechnik. Das misslingt gewaltig. Nach wenigen Monaten steht der knapp 23jährige dann doch in der Kunsthochschule und weiß nicht recht, ob er Maler werden soll. Die Erfahrung anzufangen, wo nur eine vage Gewißheit besteht, prägt ihn. Er entwickelt die Lust, Grenzen zu überschreiten. Wo dem Selbstbewußtsein der Boden entzogen wird, begibt Eisler sich auf unabwägbares Terrain. Jahre später wird er in den alten Hafenanlagen und verlassenen Speichern San Franciscos malen, weil er genau dort sein Thema weiß. Als er mich einmal mitnimmt und mir seine Malorte zeigt, frag ich mich und ihn, ob er sich das nicht auch im warmen Atelier »ausdenken« könne? Auf dem anachronistisch anmutenden Habitus des In die Landschaft gehen bestehend – was interessieren ihn die Moden des Zeitgeistes – muß Eisler seine Bilder riechen, muss er sie spüren können: Malerei als sinnliches Erleben. Walter Eisler ist ein »Bildermacher« und einem Regenmacher ähnlich auf der Suche nach atmosphärischen Spannungen. Wo er sie verortet hat, baut er die Staffelei auf und versucht jene unsichtbaren Zereissproben sichtbar zu machen, deren Vibrationen wir nur vermuten können.

Nicht Zuschauer, nicht Betrachter will er sein, sondern erster Magier, der mit unseren Realitäten, den liebgewordenen Wahrnehmungen spielt und überrascht.

Auf den Leinwänden kommen uns ausgetrocknete Schwimmbäder, Kinos, unbewohnte Hotels entgegen, die Stimmungen des Verlassenseins, zuweilen der Einsamkeit wecken, gewiß aber eine Melancholie ausstrahlen, die nur das Abgelegte auszulösen vermag. Im alten New Yorker Stadtbad und auch im Bild der verlassenen Achterbahn konzentriert Eisler diese Schwingungen der Einsamkeit. Einer alten Diva gleich auf graziösem Stolz bestehend, auch dann noch, wenn sich niemand mehr für dieses letzte Aufbäumen vor der Vergänglichkeit interessiert, erhebt sich die Achterbahn im Brachland. Eislers Gebilde wirken wie Relikte aus einer Vergangenheit, die der Gegenwart trotzen. Sie sind Erinnerungsstücke menschlichen Tuns, Verweise auf eine entschwundene Vergangenheit, die gleichzeitig eine unsichtbare, erinnerte Realität erschaffen. (Krzysztof Pomian, Museum und kulturelles Erbe, in: Gottfried Korff, Martin Roth (Hg.), Das historische Museum. Labor – Schaubühne – Identitätsfabrik, Frankfurt/Main 1990, Seite 41–64, hier: Seite 42.)

Indem sich der Maler ihrer annimmt, gefrieren die Gegenstände zu Monumenten des kulturellen Gedächtnisses. Die Zeiten der alten Bäder sind vorbei und auch diese, nach heutigen Maßstäben unspektakuläre Achterbahn hätte keine Daseinsberechtigung. Eisler beklagt die Vergänglichkeit nicht, seine Bilder sind fern jedes Jammerns über die gute alte Zeit. Er wendet sich den Relikten zu und vergegenständlicht ein imaginäres Gespinst aus Vergangenheit und Gegenwart. Seine Orte sind die Mittler zwischen dem Gestern und dem Heute. (Aleida Assmann, Erinnerungsräume. Formen und Wandlungen des kulturellen Gedächtnisses, München 1999, S. 331.) »Die Dinge, die ihren ursprünglichen Funktions- und Lebenszusammenhang verloren haben, unterliegen einer Metamorphose – treten aus dem Zusammenhang lebendiger Aktualität heraus und werden zu Erinnerungen. Sie nähern sich Kunstgegenständen an, die von vornherein auf funktionsfreie Kontextlosigkeit angelegt sind.« (Ebenda. S. 338.) So in der Schwebe, ihrer Funktion enthoben, warten Eislers Relikte auf eine neue Daseinsberechtigung: als Industriemuseum, Fabrikloft, Rattenschloß? Der Maler nutzt die Ästhetisierung und verleiht ihnen eine neue, eine »Beglaubigungsfunktion« als Medien des Gedächtnisses. Die Vergangenheit ist nicht tot, sie ist nicht einmal vergangen.

Angefangen hat die Suche nach den »loci« des kulturellen Gedächtnisses bei einem Besuch Tunesiens. Ein Blick auf die Landkarte zeigt, wie nahe Karthago ist. Eisler setzt sich in die Stadtbahn und fährt die paar Kilometer aus der Hauptstadt heraus. Die Faszination und die Sogkraft des historischen Mythos, motiviert die Handlung. Dort angekommen jedoch sieht er keine Schlachten, keine punischen Kriege, keine »Metahistory« – Steine, Blöcke, Geröll – das ist es, was für ihn blieb. Aber da sind noch die Formen, das sinnliche Erleben der Erinnerungslandschaft, die er betritt und in der er spaziert. Die Konservierung der Orte im Interesse der Authentizität bedeutet unweigerlich einen Verlust an Authentizität. Karthago ist bewahrt, die Geschichte bereits verdeckt und ersetzt. Die Authentizität verschwand mit der Zeit immer mehr von den Relikten, es blieb das schiere »Hier« der Örtlichkeit. (Ebenda. S. 333.) So entsteht Eislers Karthago in der Entzauberung der Geschichte und der Banalisierung des Mythos. Er malt großflächige abstrakte Gebilde, die den Betrachter hineinziehen in ein Labyrinth aus alten Straßen, Abwegen, Geäst, Plateaus.

Karthago bleibt für ihn eine jenseitig entfernte, abgeschlossene Vergangenheit. Karthago hat er aufgesucht in dem für die Geschichte reservierten abgezirkelten Austellungsplanquadrat. In der neuen Welt, in die Eisler aufbricht, als er das Weite sucht, findet er Reste menschlichen Agierens im Heute. In New York malt er die Brücken – die Mittler zwischen den Welten, die selbst schon zu Monumenten der Vergangenheit geworden sind. Aber hier sind die Vibrationen zwischen Zeit und Raum erfahr- und spürbar. Kein Erstarren im Musealen. Eisler ist fasziniert von der Manhattan Bridge, die rekonstruiert wird, während der Verkehr weiterläuft. Wie dieses Vieh lebt! »Ich möchte zeigen, wie Werden und Vergehen; Verfall und Entstehen dieser Gegenstände zusammenlaufen, fast wie ein biologischer Prozess. Die Seile werden getrennt und sofort erneuert, das alles bei starkem Autoverkehr - es war wie eine fortlaufende Produktion.« (Walter Eisler in einem Interview anläßlich der Ausstellungseröffnung »Crossing - Bilder aus Amerika« zusammen mit Fotografien von Martin Jehnichen im Gewandhaus Leipzig, 1995.)

Weiter im Landesinneren, dort wo Amerika am unspektakulärsten amerikanisch ist, findet er Reste der Industrialisierung; mit den alten Hotels die Zeugen ungekannter Mobilität. Und doch sind die dort entstehenden Stadtlandschaften keine Darstellungen urbanen, pulsierenden Lebens. Menschen als »agens movens« des urbanen Raums spielen nur eine untergeordnete, fast zu vernachlässigende Rolle. Metropolis, die Hetze der Stadt, die Menschengewimmel gebiert und den Einzelnen zugleich abtötet, ist ein vorherrschendes Thema künstlerischer Auseinandersetzung zu Beginn des 20. Jahrhunderts. Noch George Grosz und Otto Dix versuchen die Stadt als apokalyptischen Moloch und entfesseltes Chaos auf ihre Leinwände zu bannen. Menschen zertreten sich in engen Straßenschluchten. Am Ende des Jahrhunderts sind die Menschen weg. Die Mobilität der Welt von heute zeigt Eisler, wenn er malt, was sie zurückläßt. Schnelligkeit wird vermittelt über das Stehengebliebene, die alten Bauten des Jahrhunderts. Auch dies sieht der Maler Eisler in der nordamerikanischen Provinz - entvölkerte Plätze, vernagelte Cafés. Ist die Stadt ein Relikt des vergangenen Jahrhunderts? Das Leben findet in Einkaufstempeln statt, die Zentren der Kommunikation sind virtuell. Der Metropolis von Georg Grosz sind die Menschen abhanden gekommen. Eislers Städte sind Gedächtnislandschaften dieser verlagerten Urbanität – die Karawane zog weiter.

Dabei ist Eislers Thema ein sehr Menschlich-Irdisches – das Projizieren auf das Individuelle, ein seine Arbeit motivierendes Spannungsfeld. Der Maler will kein Archivar sein, seine Bilder keine Speicher -, sondern Funktionsgedächtnisse. (Ebenda. S. 130 - 142.) Die existientielle Zereissprobe zwischen Werden und Vergehen verbindet er mit Biographischem. Damit löst Eisler zuweilen Unbehagen, Unsicherheit beim Betrachter aus. Er soll nicht sagen, er habe es nicht gewußt. Wer fühlt sich schon gern erinnert an die Reste, die auf dem Dachboden der Biographie abgelegten Relikte eigenen Tuns? Wieviele Gebäude verläßt man im Laufe eines Lebens? Die Stadtbetrachtung wird zur Selbstbefragung; das alte Kino zum grellen Schauraum eigener Unzulänglichkeit. Es wird personalisiert, bedrängend, fragend. Auf die Spitze getrieben hat Walter Eisler diesen Anspruch an die Selbstbefragung in seinen Königsbildern. Seit mehr als einem Jahrzehnt nutzt er dieses nur vordergründig dankbare Sujet zu einer Auseinandersetzung mit vergehender Macht. Am Anfang lagen die Symbole nahe – Schachbrett, König – was eignet sich besser? Inzwischen gehen Eislers Könige über die Eindeutigkeit des Symbols hinaus, hat der Maler eine eigene Bildsprache entwickelt. Da ist Eisler kompromißlos streng. Was er bei den Fabriken und Kinos nicht zuläßt, die endgültige Zerstörung, ist ihm bei den Königen nur willkommen. Nur um Gnade können sie beim Maler bitten und dann spielt er mit ihnen – wird selbst zum König – gewährt oder eben nicht. Meist sind die Mächtigen längst erstarrt, schon unbeweglich geworden im Korsett der eigenen Zwänge. Könige brechen auseinander wie morsche Stämme, oder stehen frierend am Rand des von ihrer Schlacht verwüsteten Feldes. Sie schwören, schreien, schweigen, und ihre Hüllen bieten keinen Schutz. Es sind starre Panzer, die jeden Wunsch nach Ausbruch zur lächerlichen Farce werden lassen. Nur so, in dieser Starre und Enge scheint dem Maler die Verwendung des Symbols plausibel. Könige sind nicht frei, nur aus diesem Wissen heraus sind ihre Wege darstellbar. Auch im Schachspiel ist der König die unbeweglichste Figur. Der Zug erfolgt auf abgegrenztem Raum, innerhalb eines festgelegten Geländes, kein Schritt darüber. Die Parallele zum abgezirkelten Planquadrat der Geschichte, wie Eisler es in Karthago gesehen hatte, wäre zu vermuten. Sollten wir beides der Entzauberung überlassen?

Ähnlich den Landschaftsbildern stellt Eisler auch bei den Königen die Narration dem Betrachter frei. Insofern kann es nicht verwundern, wie unterschiedlich gerade der Rückgriff auf dieses Symbol gedeutet worden ist, gedeutet werden kann.

In der Befragung offenbart der Maler mehrere Lesarten, die Eins-zu-eins-Übertragung bleibt, wie immer, platt. Die einengende Macht real erlebter politischer Diktatur?

Sicher, auch dies hat Walter Eisler in seinen Bildern verarbeitet. Die privaten Könige? Auch die sind gemeint. Aber letztendlich ist das uninteressant, zumindest für den Betrachter. Vor den eigenen Geschichten sollen wir uns nicht verstecken.

Als Eisler wußte, warum er Maler sein will, ist er nach Leipzig zurückgekommen, wie er wahrscheinlich sowieso weggegangen ist, um das zu finden, was er vorher hier nicht gesehen hatte, nicht hatte sehen können. Ich erinnere mich an Gespräche, kurz nach der Rückkehr von der ersten Nordamerikareise im Dezember 1993. Da steht er im alten Atelier, der sächsische Himmel regenverhangen und erzählt von den Klötzen, den Formen und seiner Identitätssuche. Es handelt sich wohl um eine »conditio humana«, die verbunden war mit der verflixten Suche nach Zugehörigkeit, einem Gefühl des Da-Seins. Die Bilder Walter Eislers und seine Person kennzeichnen ein Beharren auf Manifestes, nahezu Bodenständiges, das in einer fast trotzigen Verortung des Subjekts seinen Ursprung, aber auch sein Ziel hat.

Claudia Weber

Walter Eisler

1954	in Leipzig geboren
1978-1982	Studium an der Hochschule für Grafik und Buchkunst Leipzig bei Mayer-Foreyt, Stelzmann, Peuker und Heisig (Diplom)
1982-1984	Mitarbeit am Panoramagemälde »Frühbürgerliche Revolution in Deutschland« von Werner Tübke

Ausstellungen (Auswahl):

1984	Junge Künstler der DDR, Altes Museum, Berlin
1985	Wettbewerb »Junge Kunst UdSSR – DDR«, Moskau/Berlin; Preisträger
1988	Einzelausstellung Galerie Gallus, Frankfurt/Oder
1989	»Lebensart«, Neue Berliner Galerie
1990	Galerie Carlier – Metz, Rouen, Lille, Le Touquet (Frankreich)
1990	»Ecce homo« – Galerie Brusberg, Berlin
1991	Einzelausstellung Galerie Schwind, Frankfurt/Main
1991	Progetto Civitella d'Agliano (Italien)
1992	Salon du Livre, Pau (Frankreich)
1993	Einzelausstellung Camphill village, Kimberton (Pa./USA)
1994	»blue bus«, Einzelausstellung im Amerika-Haus, Leipzig
1995	»Karthago« – Einzelausstellung Dresdner Bank, Leipzig
1995	»Crossing« – Bilder aus Amerika, Gewandhaus Leipzig (mit Martin Jehnichen/Fotografie)
1996	»Made on the Tyne« – Einzelausstellung Clayton Gallery, Newcastle (England)
1997	»Unterwegs« (mit A. Böhme und G. Künzel) – Galerie Berlin
1998	Einzelausstellung im Mendelssohn-Haus, Leipzig
	Einzelausstellung in der Werse-Villa, Münster
1999	»New York« – Kunst & Werk Greven
	»MALSOMALSO« – Galerie Rothamel, Erfurt
	»Malen Sie nur ...?« – Galerie Brusberg, Berlin
	»Die Klavierstunde« – Einzelausstellung im Westphalschen Haus, Markkleeberg bei Leipzig
1991-1999	Studienreisen nach Italien, Frankreich, USA, Tunesien, Bulgarien, Spanien, England,

© 2000 by Faber & Faber Leipzig
und bei den Autoren

Alle Rechte vorbehalten

Herausgeber
Jörn Merkert

Das Erscheinen des Buches wurde gefördert von

ARLT Bauunternehmen

SZB • SENATOR Immobilien
Inh. Jens Zimmermann, Immobilienwirt

Sammlung Dr. Peter Rothe und Silke Rothe
Brunhild Schmidt-Eisler

Die Autoren des Buches sind
Jörn Merkert, Jahrgang 1946, Kunsthistoriker und Direktor der Berlinischen Galerie, lebt in Berlin
Meinhard Michael, Jahrgang 1959, Kunsthistoriker und Journalist, lebt in Leipzig
Claudia Weber, Jahrgang 1969, Historikerin, M.A., lebt in Leipzig

Gestaltung
Hendrik Schubert

Reproduktion
CTP Service Leipzig

Druck
Jütte Druck, Leipzig

Bindung
Kunst- und Verlagsbuchbinderei, Leipzig

Fotos
Christoph Sandig, Leipzig
Bernd Kuhnert, Berlin
Martin Jehnichen, Leipzig
Walter Eisler, Leipzig

Verlag
Faber & Faber Leipzig
Mozartstr. 8, D-04107 Leipzig
Telefon/Fax 0341/3911146

Abbildung auf dem Umschlag
Walter Eisler, »Schwarzer König«

Printed in Germany

ISBN 3-932545-45-1